くりかえす七色の日々

kurikaesu nanairo no hibi

Nao Nijie

虹恵なお

文芸社

そうだ
私は
真っ白の紙の上で
自分を探そう

優しい柔らかな言葉でも
乱暴で頑な言葉でも
私の全てを受けとめるものに
あらゆる心を預けよう

ああ　そうだ
私は
ここに
自分をみつけよう

過ぎていく事が
ややこしく
終わっているようで
続いている

だからといって別に
これといって何もせず
眺めてる　いつも

皆と一緒に
時にひとりで
てくてく歩く道で
立ちすくむ分岐点で

どこにも行かないで
可愛らしい　もの
可愛らしい　ひと
可愛らしい　じぶん

ここにいて
好きなんだ
とても

キスさせて
その時だけ
泣かせて

好きでいることの強さ
その誇らしさ
思いこむことの弱さ
その脆さ
不安を超える絶望
その悲しさ
笑顔でいることの健気さ
その優しさ
伝わらないことの悲しさ
そのどうしようもなさ
あなたへ向かうこと　全部

光の中で　あなたを待つ間
揺れる葉っぱの影を眺めていた

ななめ向かいの家　子犬がはしゃぐ　くさりの音
ベランダに干されたTシャツやくつ下
変化する可愛らしい雲の形
転がる石たちの推定温度

とても　私らしく
ちょっと　私らしくなく

うさぎのように耳をぴょんとして
あなたが走ってくる
スニーカーの音を待っていた

びゅん　と走った風の影跡
あんな存在に　あこがれる
あたしは　また
石ころをけったくる
後に追っかけてくる　むなしさを
ぎゅっ　とつぶった目で逃げきって
あたしは光と空気の混合物になり
もうずっと　動かないだろう

一瞬　という時の長さ
君と目が合った瞬間
ボクの心臓の存在感

流れてく時間の中で
どこまでも強く
偉大なモノ

涙をこらえる二人は
ぎゅっ　と約束の小指を離せず
ちぐはぐなスピードで
長い道をとぼとぼ歩む

ベルを鳴らし　自転車がゆく

風をほっぺにひんやりうけて
ねえ　あの角を曲がったら
きっと　笑って　バイバイ言おうよ

あなたの勇気
あたしの強さ
いつも精一杯の
小さな二人

ほったらかしで　ごめんね

やりたいことに夢中で　ごめんね

今でも君を大好きだけれど

やりたいことがたくさんあるんだ

君が泣くのを知らないフリしてる

僕は　とても　ちっぽけ

君をしばろうとも　自由にしようともできない

ごめんね　　何度言っただろう

たった　ひとこと

君が必要だ　と言えたら

窓を流れる水滴は
迷う時間を与えられない
まるで成るように成ってゆく歴史のように
窓を流れる水滴は
危いゲームでガタガタ震える
走れ　走れ　と　せかされて
焦り　焦って　ひたすら先へ
何も知らされず
重力に操られ
流れ　落ちる
私は悲しい動物？
聞く耳をもたず　水滴は

こんな夜は　絵の具のにおい

君と
手をつないで
コンビニまで
行った

マフラーに埋もれた
君のほっぺた
ももいろでつめたい
シャーベットの玉

言葉なんて
めんどうだ

君が泣かないように　いつでも
君の好きな絵の具をぬろう

・ぬりえ

あなたは　なんて　可愛らしい
あなたは　なんて　自由
あなたは　なんて　魅力的

私に涙を流させたいみたいに

あなたは絶大な愛の中に生きる
それに気づいていないとこがいい
抱きしめたいのに
そうさせてくれないとこがいい

あなたは何も知らなくて
その姿を私は見守っている
あなたを愛しむ気持ちは
終わらない　いつまでも　ずっと

私に涙を流させようとして

悲しい動物が胸で鳴く
ナクナ　ナクナって　鳴いている
君の目を見られない
僕は　もう　小さくなって
そして
跡形もなく　消えよう
夜になって
まぁるく光る月に隠れよう
さよならを言わずに
さよならを聞かずに

感性の豊かさを辿れば　どこまでも
時間を大切にする　人
今を楽しむ　人
過去を抱きしめる　人
未来を仰ぐ　人

泣いたり
　　　　　笑ったり
　　　　　　　　　　怒ったり

そのなかにある　何億もの感情
複雑　かつ　単純　だからこそ
人間は可愛らしく
各々が魅力に満ちている

真っ赤なポシェットをぶらさげて
今から何をしにゆくの？
母様が焼いたビスケットかじりによ

悲しい顔して　どうしたの？
あたしの可愛い風船が
風につれていかれたの

そんなに急いで　どうしたの？
あたしに話しかけないで
今までのこと全部
全部
夢だったの

そして
皆　あたしを　置いてってしまったの

外は　とても　いい天気
庭の木々には黄緑色の笑顔
そして　深緑色のくつろぎ

彼らが見上げるのは
子供が描いた空
まんべんなく塗られた水色に
やわらかくにじんだ細かい白色

ボクガ　ウゴイテイルノカ？
ソレラガ　サッテユクノカ？

いつまでも
そんな不思議に頭を悩ます
そんな晴れた日の幸福

あなたを思うだけで
泣いてしまうような私です
あなたを身体いっぱいで抱けば
いつでも胸がきゅんとする
これがきっと本物で
心が届かない事を解る時
よりいっそう精一杯になる
あなたへの想いは
全部の理由を追い払う
悲しさも　せつなさも　喜びになる
こんなこと
あなたには秘密だけれど

動物みたいな声
心の底から魅力的

ホワイトチョコで　はなぢを出すみたいに
いつのまにか　君にのぼせたよ

喜びの裏側
不安が一滴ずつ落ちてきたけど

チョコとチョコがくっつくみたいに
君と僕も上手にくっつこう

もどかしさの内側は
アドリブまかせでとても危険だ

ミルクチョコを溶かすように
ゆっくりていねいに甘いキスしよう

甘すぎると失敗
どちらかが気づかなければ

ももいろのプラスチックみたいな
ステキな女の子になりたくて
透明な水でっぽうみたいな
男の子のかっこよさに
毎日泣いていた
そんな日々に
ピリオドをうった今日

他人を傷つけた　悲しさは
いつも　ゆっくり　後ずさる
傷つけられた　さみしさは
いつも　その場に　立ちつくす
じっといる　その存在は
怒りとか　憎しみとか
全部を　とびこえて
あきらめに　つながってしまう
弱さを確かめるように
人間の心を苦しめる

くるくる　まわりながら
上を見上げたら
マーブルになった空と雲と
ももいろと水いろと白と透明があり
そのなかには　小さな幸福が
まるや三角や細長い形になって
くるくる　まわっていました
突然に　しゅんとした心がとんでゆき
それらは星型になって
ももいろの中や水いろと白の間で
くるくる　まわり始めました
私はそれらが落ちてこないよう
ずっと見守っていました

ふとした事で　ふとしてしまい
とめどなくあふれだす涙って　よくある
この世でひとりぼっちって気がするよ
涙はどうしてガマンできないの？
じぶんが　どんどん　しぼられて
小っちゃくなって　縮んでく
ひざをかかえて　まるくなるとね
じぶんにやわらかいバリアができる
誰にも　さわられないんだよ
誰にも　さわらせないんだよ

あなたは　いじわるくん
昨日も　今日も　変わらない
可愛く　にんまり　笑ったら
ぴょんっと　とびはね　逃げてゆく
あなたは　とても　いじわるくん
誰にも　優しく　誰にも　素直
いじわるくん
あたしの心を
ぎゅっと　つかんだ

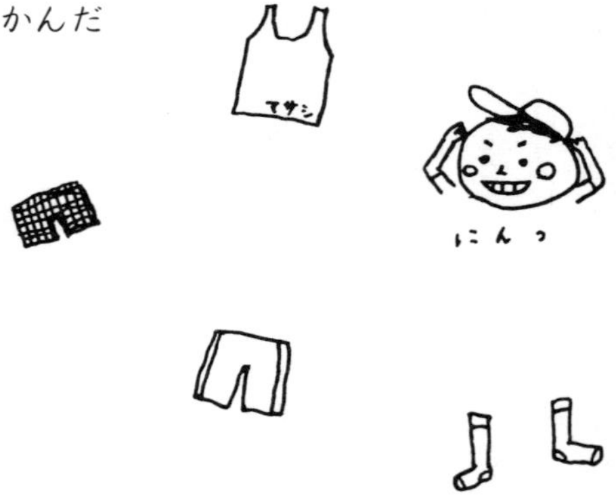

何かにひっぱられるようにして
いつのまにか
君の後ばかりついてくようになり
僕はここまで来ちゃったようです
僕は君を知ってる気がしてた

君は僕をつくっちゃった
だけども僕は
君の形を横から整えただけみたい

さよならの時が来るなんて
神様はおしえてくれなかった

僕は君のポケットの中身を知らぬまま
自分のハンカチを何枚も見せた

君の後を追うのをやめよう
僕の両足を地面に埋めちゃった
片方ずつでいいだろ
ちょっとずつでいいだろ
僕は行くべき方向に
足を向けるんだ

おとなになりたくないよって
甘いおくすりが効かなくなっちゃうからって
小さな　あたしが　さけんでる

むやみに葉っぱをちぎった後で
いつも後悔していたけれど
そういうところは　ずっと変わらない

誰かに見てもらってて
がんばれ　がんばれって　言ってもらって
苦いくすりを舌にのせたんだ
だけど　いつも　おえって　なっちゃって
お母さんに怒られちゃうんだ

泣き虫で　ごめんなさい
だまりんぼで　ごめんなさい

ねえ　あたしね
いつまでも　自分を好きになれなくて
ごめんなさい

突然やってくる幸福は
約束を必要としないもの
大きなその箱の中身は
まるで明かされず

これは自然なものだと
突然を忘れさせるほどに

幸福だけが独立してゆく

僕たちは
お互いを思いやる事で
たびたび傷つけ合ってしまう
気持ちを伝え合う事は
もどかしくあったあと
いつも重くのしかかる
君を
苦しめているなんて……

小さな　はっぱの　影から
小さな　ぼうやが
顔を　ちょこんと　出して
コンニチワ　と言ったら
どうしよう
あたしは
素直に
ほほえむことが　できるかしら

あたしを落っことさないでね
どこに行く時も持ってってね
一番使わないポケットにしまうのはよしてね
忘れちゃわないように大切に扱ってね

あたしはあなたをいろんなところに隠してる
たとえば
あたしの部屋の時計の中
急にうなりだす冷蔵庫の中
電子レンジやシチューなべの中
あたしの心臓の中なんかに

ほしくなったら　ぱっと　取り出してね
あたしを　なくさないでね
ちゃんとしまっておいてね
いつでもキスできるように
ガムといっしょにポケットに入れてって

ありがとう　の　カタマリだよ
私があなたに見せたいものは
どうやったら見せられるのかって
いつも考えて　いろいろやってみるけど
いくらやっても　足りないよ

地球くらいでっかいよ
大好き　の　カタマリも
いくら言っても　嘘じゃないから
ちっとも減らないよ

あなたの為になることなら
何でもやってあげるよ
あなたが私にやってくれるから

私を受け入れてくれて　ありがとう
優しい　あなたが　大好き

さっぱりだ
と　あなたは言った
私は泣きそうになって
目をいっぱいにひらいた

ぼやくのはやめにする　と　あなた
私は　あってないような言葉を
受けとめ　放る

手を繋いでいるから
私たちは離れられないね
じっとして　どっかに隠れよう
目をつぶって　ゆっくり近づいて
ていねいに　傷つかないように
固まった指を　ほどこう

カミサマのオシリをたたきに行こう
ふとんたたきをもって行こう
しごとしろーって　どなりこんでやろ
そして
たくさんの人の目にたまった
たくさんのたくさんの涙を
蛇口から出して
たまった湖の底に
カミサマをつっこんで
バイバイを言おうよ

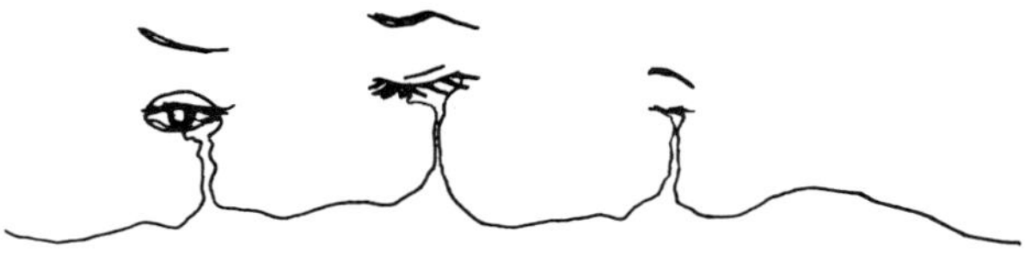

冬ごっこはステキだよ
体がたくさん寒いから
あったかい飲みものが欲しいの
たちのぼる湯気を見て幸せになるの
だから冬ごっこはステキだよ
心がたくさん寒いから
あったかい生き物が欲しいの
こみ上げる喜びを繋げたいの

ねむいのなら　ねむればいい
きっといいゆめが見れるよ
小さな頃のにおいがする
どうでもよくなってしまう
そんなゆめ　見ようよ

毛布の中で目をあけて
ずっと何かを考えていた
ひょっとこの怖い顔や
小人の中で一番背の高いおじいさん
それから　大人の隠していることや
シンデレラの魅力について

辺りがまっくらになって
私はひとりきりになった

森の中をゆっくりと行く
すると　いつも同じ所にたどりつく
水色の湖に黄色の光がさし
緑色と茶色でできた木々がゆれる

小さな　私の　世界は
クレヨンで描けるくらいのものだった

地球のどこかで

死にたいと身を縮める人がいて

死にたくないと目をこじあける人がいる

そして

どっちでもいいやとテレビを見てる人がいる

問題は

キミと　ボクの

心の存在

こころくん

こころちゃん

なぜ　行ってしまえるだろう
なぜ　ふりはらえるだろう
　　なぜ
　　　　自ら
　　　　　　なぜ
　　　　この愛を
なぜ
思い出にできるだろう

あなたと　わたしは　何もかも
性別も　生まれた日も　場所も
出会った人々も　好き嫌いも
性格も　趣味も　考え方も
すべてが違うものだから
1ミリでも重なる所がないだろうかと
探すことに夢中になっていた
ないものを必死で探すなど
おろかな二人と笑われていても

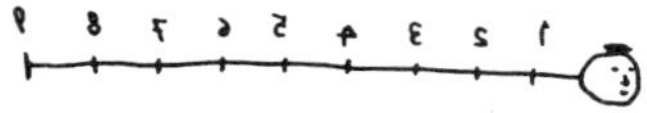

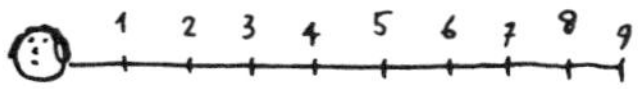

大切なのは

解ってあげる事

ではなく

解りたいと思う事

解る事

ではなく

解ろうとする事

ではないでしょうか

つむじくん

つむじ風のまんなかで

をうるませてる

泣かないで

おいで

いつまでも

君を待っているよ

ころころと
君の笑い声が
僕の心に響いているよ
道端にちょこんとあった魂は
よいしょ　と立ち上がって
とことこと
歩き始めたよ

この季節にして

この場面

この場面にして

この心

喜んで　あなたを　受け入れます

めったにない

私の中だけの

ピカピカの

チャンスだもの……

あなたが話した　お話を
思い出そうと必死でした
雑誌の途中で　はっとして
こんな所を抜け出そうと
そんな時間だったのです

探せなかった
つかめなかった
さわれなかった
抱けなかった
許せなかった

なぜ？

君のコトバを
あの時
ちょうど君が
立ち上がる直前に
心のまんなかは　もう
そっぽを向いていたんだ

キミのウソを　ゆるした……

ボクは　なんだって　いつも……

キミを　のこさず　たべればよかったよ……

…………

あめが　ふってきたんだ

君が笑わなくなったから

僕はね　ほら　言ったじゃないか

君を傷つけたりしないと

あめつぶはつめたく　僕は

知らないフリだけ上手だから

このままでも　かまやしないけれど

どうしても　仕方ない

仕方なかったのさ

あめが　ふってきたんだから

このトンネルの
出口が　みつからない
ぼくは　心ぼそく　ほそく
希望など　とつぶやく
今だけだろうか　ぼくは　きみの
小さな　ほほえみを
想うだけで　ここまできたよ
歩む感覚は　たよりなく
なき声の足音が　ひびく
本当のことは
本当のきもちは
本当の本当のぼくは……？
このトンネルの
出口がみつからない

つめたくなった
思い出は
いらない　と
ポイッとすてた
あの時の君が　いちばん
つめたかったよ

あの　くもの
あそこのところ
すごーく　もくもくだね
きみに　きこえるように
くちぶえを　ひゅいと　ふいてみた
きみは　ねむったように
ちいちゃく　わらったよね
たいようは　すごーくぴかぴかで
もくもくは　まぶしく
きみのように　まっしろだったなぁ

夜をつめたく受けとめ歩く
君はきいろい三日月にみとれ
僕は黒い宇宙に心を浮かべ
二人の心がじんわりにじんだ頃に
君の息はあたたかかった
僕は右のポケットに
君の心をそっと入れたんだ
そしてやわらかくなでた
もうすぐお別れだから
星のかけらを持っていきなよ
僕のことをたまに思い出して
三日月の夜はまた
二人になろう

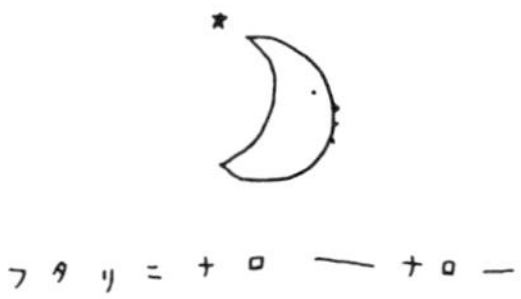

ある日　突然

に憧れた頃だった

あなたは

白いタキシードほどの光で

私を笑わせてしまったの

あなたがもし理由を知りたいのなら

それなら全てはこれだけなのよ

ある日　であり

突然　であったこと

なぞなぞみたいな
君のコトバで
見たこともない　お花畑をつくろう
昨日　　　今日　　　明日　　　……
君に会うたび　ふえてゆく
夕方に輝く花びらに
僕は　しゃがんで　キスをする

夏っぽく　笑お
きゃはははは――
冬なのに　ネェ――

夜の光に　じんわりは
一番のものを思う時
なくしたものを探す時
落としたものを拾う時
わたしの心が動く時
あなたの心に届く時
夜の光に　じんわりは
人の心をとりもどす

君をおそった
　　　まぼろし
僕をおそった
　　　ゆうだち
どちらも　嵐的
とびだす苦しみ
二人でこえたら
　　　300万円

やさしい声　こだまする
この場所は　涙の場所
あとになって気づくのは
もう　イヤだよ
君がスキだってことも
あとになって気づくのは
もう　イヤだよ……

セーターの
あみめのような心
リズムよく彷徨って
君のところへ
到達できるか

ウソツキなんて
そんな素敵な私ではありません
飛んでゆく
かげろうに見とれては　立ちくらみ
そして思い出す　黄色い光
あなたは　いつも　いつも
私を気にしてくれたけれども
あぁ
もう二度とあんな光で
私を包んではくれないのでしょうね

なんでもないことと思って

歩き続ける　たくましさ

私は　いつまでも

この道を進んでく

力みを　笑顔で　なだめ

苦しみを　一時的に　受け入れる

なんでもないことと思って

歩き続ける　たくましさ

私は　いつまでも

この道を進んでく

とっさに考えたウソだけど
君に届いたのはホントウだったね

まっしろのワンピースで
躍るように笑顔
純粋よりも深く

僕は子供のようにいじっぱりで
君は陽射しのようにまぶしく
葉っぱをむしる僕をなでる

とっさに考えたウソだったけど
君に届いたのは
ホントウだけだったね

こんな小さな日々で
夕日に浮かべるあなたのしぐさ
頭をふって忘れようとするなんて
ゆさぶるのは
夕方の風　香り
いつも細い目で笑った顔
泣いてもいいですか？
力なく　オレンジの光に
抱きしめられて
消えてしまおうか
どうしようかと

ゆりかごから
すべりおちるような　恋
好きだから
ウソをつく
もう　私たちは
ひとりで　立たなければ
ならないわ

ボクの　ここんところから
心だけ　とって
君の耳に　はりつけよう
ボクの　心の　音はさ
ほら　ほらー……
キミがスキ　スキ　スキ　スキ　スキィー
こんな音なんだけどね……
きこえる？

ごめんなさい　のところまで
たくさんの言い訳を落として
くねくね曲りながら　たどりつく
その間で
涙をこらえたり
怒りをつぶしたり　する
解ってほしいという心
すがる心　願う心
ごめんなさい　に着いたとき
もう何もなくなった言い訳
あなたが好き　という心
それだけが胸をつまらす

僕は
消せないもの
たくさん　もってる
そして　行くのだ
涙も　消せない
強さの　もとだから
消せない　思い出は
ハート型だ

雪が降ったりして
冬は
本当なんだ　と思う
雨に変わったりして
あのウソは
優しさだった　と気づく

あなたは　キセツ

こんな　私の　キセツです

風のにおいで感じるように

心に涙が

ぽとり　とす

胸に幸が

ことり　とす

あの灰色の雲のうしろに
まんまるい月がいるんだ
そうやって自分を励まそう

あっちには　いっこだけ
中くらいの星がみえている
あなたはきっと知っている
こんな私のことも
あそこの月のことも

あなたがキラキラ笑う頃
私はどうしているでしょう

灰色の雲よ
どうか私を隠さないで
いっしょうけんめい　笑うから

あなたと　わたしは
いつも　遠く
時々　近く
きちんとした距離がない
おびえたように上目づかいの
あなたをなぐさめても
何か忘れものに気づく
心を忘れたと
そのたびに気づく

心が

雨のしずくに

ぽつん　　ぽつん

包まれる

悲しく　なんか

つぶやいては

流れてく

いつもみたいに

泣くのは　いやだよ

また　来よう
この　ばしょを　忘れないで
また　来よう
君と　来よう　きっと

すべてを　受けとめようと
優しく手のひらを　かかげる
彼はきっと
夢を見てる
そのとちゅう
そのとちゅう

宇宙の水槽に浮かぶ　なんて
あなたは
素敵なことを口にしますね
ひんやりの　おうちの床に
頬をつけつけ　寝ころんで
二人　見つめあった時でした
私たちの存在　ソンザイは
消えない　消せない
感情のように　深く
重いものですね
寝ころんだまま　私たちは
手をつないだものだから
宇宙の水槽の中では
二つの星が一つに輝きましたね

イラスト＝虹恵　なお

著者プロフィール

虹恵　なお（にじえ　なお）

昭和56年生まれ。愛知県新城市出身。高校卒業後、専門学校を出てレストランに就職。楽しくも多忙な日々のなか、詩への想いが強まり、退職。中学時代から書きためた詩をまとめる。現在もマイペースに執筆中。

くりかえす七色の日々

2002年10月15日　初版第1刷発行

著　者　虹恵 なお
発行者　瓜谷 綱延
発行所　株式会社文芸社
〒160-0022　東京都新宿区新宿1-10-1
電話　03-5369-3060（編集）
03-5369-2299（販売）
振替　00190-8-728265

印刷所　株式会社ユニックス

ISBN4-8355-4482-X C0092